KB191290

# 양치식물

김정희 시집

시인의 말

내가 모르는 내 기억까지 품은 채
먼저 이 세상을 떠난 이들이 있다
그들이 가지고 떠난 내 일부분을 나는
영원히 찾지 못할 것이다
그래서 난 구멍 난 사람이다
그 구멍을 메우기 위해 애쓴 흔적이 여기 있다

이제나마
죽어서든 살아서든
모든 내 곁을 떠난 사람들에게
못다 한 인사를 건넨다

어디서든
부디 안녕하기를,
편안하기를

2020년
김정희

# 차 례

● 시인의 말

## 제1부

제2부

제4부

제1부

# 눈이 부시게

오늘은 네가 잠든 서쪽 귀퉁이가 흘러내렸다

일기장 속 네 이름도 빗물처럼 흘러내렸다

그래서 나는 서쪽 귀퉁이가 없는 사람

아침마다 내 굽은 어깨 위에서 지저귀던 휘파람새도 날아가 버렸다


남쪽 지평선이 보이지 않는다

내가 지웠는지 바람에 지워졌는지 기억나지 않는다

이곳저곳이 오래된 스웨터처럼 올이 풀렸거나 구멍이 나 있다

내 얼굴이 흘러내리는 이유다

늙은 고양이가 내 손등을 핥는다


눈을 뜨고 나면 세상은 한 뼘씩 줄어들고

시간은 다리가 길어져 담벼락을 돌아 사라져 버린다

어제는 분명 장마였는데 오늘은 빈 가지에서 새싹이 돋고 있다

안녕하세요

나는 뒤통수를 잊은 사람

눈을 가린 바람처럼 달리던 사람

안녕하세요

읽는 순간 사라지더라도

남은 페이지마다 줄을 긋는다

빈 빨랫줄처럼 허공에 검은 줄만 넘실거린다


눈이 부시게 푸른 5월

북쪽 모서리에서 나를 보거든

서어나무에 걸린 동쪽의 햇빛 한 조각

바람의 손끝에서 풍기는 남쪽의 냉이꽃향기

너의 눈동자를 물들인 석양 한 줄기 물어다

내 가슴팍에 꽂아 주기를

희미해지는 기억으로

너를 생소하게 보더라도

안녕하세요

웃으며 휘파람새처럼 인사해 주기를

# 아직 가을이다

너를 만난 후 나는 늘 가을이었다
노랑나비 날아오를 때도 어디선가 목백일홍 지는 소리
들렸다

뜨거운 네 손을 잡고도
우듬지에서 떨어지는 나뭇잎을 생각했다
금방이라도 돌아선 네 등을 볼까 너를 안고도
가슴이 서늘했다

개개비처럼 너는 떠났고
나는 겨울의 문턱에 서 있다

찬 공기로 아침에 눈뜰 때마다
첫눈이라도 내려 길이 다 덮여 지워져 있을까
그래서 행여 너를 보러 가지 못할까
실눈으로 창을 보곤 한다

아직 흐리나마 네게로 가는 길이 남아 있다

그 길을 따라 마른 풀을 헤치며 더듬더듬 네게로 간다

가서 먼발치에서 너를 본다

네 옆에 늦은 고마리가 피었구나
네가 먼 산을 보고 있구나

너를 보고 돌아오는 길

아직 가을이다

# 오늘, 안녕

퍼즐 조각처럼 흐트러진 오늘

귀를 막고
눈과 입은 지워버려
서늘한 바람이 불면
들려오는 깊은 바닷속 물고기들의 허밍
네모난 모서리는 지워지고 뾰족한 꼭짓점이 사라진
둥근 공기 방울 속

어둠과 빛을 뭉쳐 높이 던지면
하늘에서 부풀어 터지는 폭죽들
물감이 풀어지듯 하늘거리는 꽃잎
붉은 작약으로 푸른 모싯대꽃으로
밤의 입속으로 몰려드는 반딧불
입속으로 들어가면 어둡고 긴 골목길
그 끝 흰 늑골에 앉아 있는 붉은 부리 앵무새
눈을 깜박이며, 안녕?

음악이 멈추고

공기 방울이 터지면

헤드셋을 벗어

어지럽게 흩어진 퍼즐 속

방금 알을 깨고 나온 촉촉한 잎사귀

겨우 눈을 뜨며, 안녕?

# 국지성 폭우

비는 갑자기 쏟아지죠
확률적으로 우산이 없을 때 더 그래요
물론 우산이 있다고 해도 완벽하게 비를 막아 주진 않지
만요
쏟아지는 비에 몽땅 젖어서 바다를 바라보거나
베란다 창가에 서 있곤 하죠

요즘은 더 자주 비가 오네요
어제도 비를 맞았어요
다행히 우산은 있었지만 그럼 뭐해요
바람에 금방 뒤집혀버리는 걸
비바람에도 꺾이지 않는 우산은 언제쯤 나올까요
햇빛 좋은 날 혼자서만 우산을 쓰고 거리를 걸어야 하는
기분, 아시죠

내리는 비는 점점 깊이 스며들죠
겨드랑이 사이로 사타구니로
은밀한 속까지 젖어서 잘 마르지 않아요

"너는 왜 그렇게 맨날 부어 있니"
엄마도 비 때문인 걸 몰라요


밖으로 나가기 전엔 늘 화장을 해요
찢어지고 물 빠진 청바지를 입어요
댕강거리고 반짝이는 귀걸이도 해요
다행히 남들은 내가 젖어 있는 걸 눈치채지 못하죠


아무리 뽀송뽀송한 침대보를 깔아도
누워 있는 사이 축축해져요
더구나 어젠 갑자기 내린 폭우로
밤새 진흙 속에 빠진 신발인 채로 잠을 잔 걸요
손마디랑 허리춤이 녹이 슬어 삐걱여요
언젠가 기괴한 못 하나 튀어나와도 놀라진 말아요


포춘 쿠키의 운세를 믿어 볼까 봐요
아니면 오늘의 날씨라도
이제 그만 세인트존스워트 차를 마시고 출근해야겠어요

새로 산 무지개색 우산 하나 들고요


참, 자고새가 날아간 이야기*를 들으면 억지로라도 웃어
야 하는 건 아시죠


* 밀란 쿤데라의 『무의미의 축제』에 나오는 이야기.

# 책갈피


수백 겹의 그의 시간 중
그날, 그 여름
자귀나무 꽃잎 위로 날아들던 풀색꽃무지 한 마리
윙윙거리던 바람 소리
그 장면 속으로

들어갔다
전부인 양 누워 있다
나왔다

전 생애 같기도
찰나 같기도 했다

# 오늘

벼락같이 깜깜한 몸을 벗어나 접었던 날개 펴는 소리
등에 흰색 물결무늬가 일렁이는 물결부전나비다
젖은 날개를 말리며 사부작사부작 나를 맴돌고 있다
물결처럼 출렁이며 흘러가서 다시 돌아오지 않을

어제의 나비는 어디쯤 날아가고 있을까
노랑의 빛깔이었는지
호랑의 무늬였는지
휘어 있던 더듬이 끝만 선명하다

몸속에서 용화踊化하려는 오령五齡의 애벌레가 꿈틀한다
발밑은 번데기 껍질로 수북하다
허리 위로 벗어 올린 미농지 날개
옷자락 휘날리듯 시간의 긴 꼬리가 팔랑인다

또 한순간이 탈피를 하고 있다
그림자를 겨드랑이에 끼고
이제 곧 꼬리명주나비 한 마리 날아오르겠다

산다화 너머나 방동사니 사이로 사라져 다시 돌아오지
않을

# 등

저녁은 돌아선 너의 등으로부터 온다

네가 멀어질수록 밤은 더 깊어진다

누군가 오래 응시해서 생긴 우묵한 그늘
그렇게 모든 뒷모습은 그림자를 닮아간다

하루가 등을 돌리자
산등성이는 어두운 그림자 속으로 걸어 들어간다

까만 밤하늘에 별이 뜨는 건
아직 누군가가 제라늄의 향을 기억하기 때문이고
곤줄박이의 흰 이마를 기억하기 때문이다

오늘은 너의 등에 가로등을 세우고
마주 앉았던 카페의 조명도 밝혀본다

그러다가 너의 그림자 속에서 나는 잠이 든다

새벽이 올 때까지

다시 너를 볼 때까지

# 늦장마

여름이 울고 있다

떼쓰는 아이마냥 털버덕 주저앉아
소리 내어 엉엉 울고 있다

녹음은 까맣게 짙푸른데
수국은 이울어 가는데
복숭아는 짓무르고 있는데

방문을 잠그고 나오지 않는
언니의 방 창문을 두드리며
지붕이 뚫어질 것처럼
울고 있다

며칠 한나절 그렇게 울어 젖히더니 갑자기 뚝 그친다

낯빛은 여전히 어둡지만 눈빛이 맑다
울음 그친 뒤 마음처럼 저녁 어스름이 서늘하다

방문을 열고 나온 언니는 밥을 우걱우걱 먹는다

나뭇잎에 고여 있는 눈물은 한동안 작은 바람에도
뚝뚝 떨어질 것이다

# 흔들리는 것들

세상의 모든 흔들리는 것들
블루스처럼 또는 플라멩코처럼

버드나무, 참새 앉은 빨랫줄, 바람이 방금 떠난 그네
눈썹을 올리거나 입술을 내밀어 말을 거는
팔딱팔딱 숨 쉬는 그것들은 물고기 같아
목소리를 잃어버린
무표정의 석고상, 얼어버린 호수, 가슴에 얹힌 돌덩이
무궁화꽃이 피었습니다
숨조차 참고 있는 온몸이 꽁꽁 묶인 그들에게
나는 영원한 술래
누가 와서 내게 잡힌 새끼손가락을 끊어주었으면

바람을 타고 꽃잎처럼 나풀대며
괜찮다 괜찮다 고개 끄덕이던 어머니
어깨 위 흘러내린 머리카락 몇 올
그의 눈동자
가끔 내 마음

나부끼되 단단하게 쥐고 있다는
다시 제자리로 돌아온다는
손 뻗으면 닿을 한 뼘 거리 그 틈새에서의 날갯짓
가슴 안쪽에 옹이가 박히거나


혹, 뿌리 뽑혀 날아가거나

# 당신의 거울

화장대 거울 모서리에 잘린 구름이 걸려 있어요
현관에 있는 거울은 어젯밤 노란 베고니아 꽃잎으로 가
득했구요
파우치 속의 손거울은 붉은 입술이네요
내 입술은 무슨 색일까요

내가 아는 거울은 모두 내 얼굴을 닮았어요
나는 거울의 표정을 따라 하고
거울의 기분이 그날의 내 기분이 되기도 하지요
가끔 거울이 나인지 내가 거울인지 헷갈리기도 해요
근데 오늘의 내 입술도 붉은색인가요

당신의 거울은 어떤가요
한 번도 이름을 가져보지 못한 거울이 당신을 흉내 내요
거울을 볼수록 당신은 흐려지고
나는 거울을 끌어안고 당신의 이름을 불러요

내가 없는 날에도

거울은 나를 태우고 미끄러지거나
가끔 날개를 펴고 구름 위를 날기도 하지만
대부분의 날들은 내 가방 깊숙한 곳에서 잠들어 있어요

오늘은 거울이 웃고 있네요
아니, 내가 웃고 있나요
괜찮다고, 울어도 된다고 말하자
거울은 황소개구리가 되어
헬륨 풍선의 공기를 마신 듯 아랫배를 부풀리고 있어요

나를 꺼내려고 내 무릎을 만지는 당신
틀렸어요 거기는 거울의 뒤꿈치예요

거울이 내게 손을 내밀어요
거기 있나요? 확인하듯
차가운 손끝만 마주 닿을 뿐 잡히지 않아요
얼굴을 들고 거울을 봐요
봄이 되면 차갑게 얼었던 거울도 녹고

긴 머리의 저 여자 내게로 걸어 나올까요

따스한 손, 잡을 수 있을까요

# 별 1

하늘에 별이 반짝입니다
어둠 속에 우뚝 멈춰선 나도
멀리 우주에서 보면 빛나는 별이겠지요

# 그 집

12월의 자작나무같이 서 있다
시간이 담장을 넘지 못해
담벼락 잡풀 되어 무성한 집
구월동 1117번지
어머니가 걸치다 벗어놓고 간 낡은 옷이다

집 베란다 구석
태아처럼 웅크리고 있는 항아리
뿌옇게 먼지 앉은 모습이 혼자 남은
반백의 아버지를 닮아가고 있다
하얗게 곰마지 긴 짠지가 비워지고
이제는 텅 빈 몸에
한낮의 바람 소리나 새소리,
우체부의 초인종 소리만 담고 있다

대문 앞 쌓여 있는 고지서가
그림자처럼 깔려 있는 집
아직도, 어머니는 차가운 바닥에 앉아

항아리에 턱을 괴고

먼 데 눈이 올 것 같은 빈 하늘을 보고 계신다

# 허그

너를 안았다
처음 본 꽃잎을 쓰다듬듯
나는 손바닥으로 메마른 너의 등을 훑었다

너의 등은 낯선 지도
너는 갈 수 없는, 나는 이제 막 도착한
그 속으로 들어간 내 손끝이 낯선 골목을 더듬는다
가로등 불빛 속 일렁이는 파문, 문이 열리고
잠들어 있던 방이 부스스 눈을 뜬다
구석마다 먼지처럼 웅크리고 있던 길들이 서서히 내게
몸을 연다

튜브에 누워 구름 사이를 떠다니는 너의 하얀 종아리
비에 젖은 채 패랭이꽃을 내미는 마른 손목
죽어 있는 나비를 보는 검은 눈동자
8mm 테이프로 가득한 방 안이 금세 물로 차오르고
네 어깨 위로 물결이 출렁인다
어항 속 열대어처럼 반짝이던 웃음은 푸드덕 날아간다

나는 공중에서 차가운 새 한 마리를 꺼내 들고 방을 걸어
나왔다


쾅, 등 뒤의 문이 닫히는 소리
잠에서 깬 듯 팔을 풀고 너를 보니
너도, 새도 간데없다
두 손은 물기로 축축한데
창밖은 생일 촛불처럼 햇빛으로 환하다

# 엄마를 보다

밭두렁에 어지럽게 벙근 개망초꽃, 콩이라도 심어볼까 하고 뽑으려 잡아당겼다 쉽게 뽑힐 것 같더니 흙더미가 성난 이마처럼 갈라질 뿐 뿌리 잡고 놓아주지 않는다 저 흙 속에 무엇이 있어 가늘고 흰 개망초의 발목을 꽉 잡고 있는 것일까

"아야, 시상에 풀꽃 하나라도 혼자인 건 없는 것이여" 귀 밑머리 넘겨주시던 엄마 이제는 흙 속에서 제 몸을 지우고 부드러운 가슴에 감국 씨앗 하나쯤 품고 있을까

슬그머니 잡았던 아귀를 풀고 가는데 잎사귀 쓰다듬는 소리, 상처 난 꽃대 끌어안는 소리 들렸다 뒤돌아보니 거기, 실잠자리 한 마리 천천히 개망초를 맴돌고 있다

풀물 밴 손에서 맥박 뛰는 소리, 가만히 펴보니 "괜찮아야" 손잡아주시던 그 손바닥엔 두 날개 접고 앉아 있는 배추흰나비, 바람 불자 화들짝 날개 펄럭이며 솟구쳤다 개망초 향해 날아갔다

옷자락에 붙어 온 개망초 잎사귀 하나 툭 떨어졌다

# 바다의 사랑

종일 너울대던 파란 물결 위로

멀리 노을이 긴 혀로 하늘을 핥으면

주황 원추리꽃 일제히 펴 불타오른다

붉은 꽃잎 우수수 떨어지는

꾹 다문 바다의 청동빛 입술에

붉게 물든 하늘이 입술을 댄다

팔딱이던 수천의 검푸른 아가미도

잠시 숨을 멈추고 눈을 감는다

제2부

# 브라이덜피아노*

이것은 붉고 둥글었던 꽃잎 한 장의 이야기다

당신이 처음 내 손을 잡았을 때, 내 손에 당신 손이 포개졌을 때, 서로의 손바닥에서 기어 다니던 뱀이 우묵한 손바닥 안에서 똬리를 틀었던, 둥글게 파인 그 속에서 허물을 벗고 긴 사행천이 되어 하나로 흐르기 시작했던 오래전 이야기

당신과 내 손 안에서 태어났던 뱀 한 마리
꼼지락거렸던 비늘의 간지러움 파닥이던 숨소리
뱀의 노래는 둥글고 말랑한 혀로 들어가 어딜 가도 제멋대로 지저귀는 소리가 되었지
그리고 어린 새가 물어다 내 심장에 박아 놓은 꽃씨 하나
한 번 웃을 때마다 붉은 뺨을 닮은 둥근 꽃잎 한 장 눈물방울에 가시 하나
두 발에 올라탄 채 치마 속 깊이 뿌리를 내리고 손가락 끝까지 잎을 틔운
나를 녹여 피워낸 붉은 장미

겨드랑이에 돋아나던 꽃봉오리 바람 겹겹 귓불 붉어지
고, 볼록 솟은 꽃받침 위 노랗게 발기된 수술 바르르 흔들
리면 손 안 가득 고이던 유리꽃등에

차갑게 식어가던 바람은 신발을 벗어 놓은 채 바다로 떠
났고

5월은 까맣게 탄 입술 발밑에 쌓아두고, 더 이상 꽃이 되
지 않았지


이제는 가시 하나로 남아서, 내 온몸을 돌다가
때때로 가슴 움켜쥐게 하는


너, 등 굽은 브라이덜피아노


* 부케에 많이 쓰이는 수입 장미.

# 고양이의 저녁

고양이가 달아난 저녁이다
어디에 숨은 걸까 그 많던 고양이
장롱 옆에도 침대 밑에도 없고
서랍 속에서도 찾을 수 없는

때론 후다닥 달아났다 갑자기 달려드는
부드럽고 달콤한 까만 털의 흰 꼬리
화났을 땐 슬그머니 사라졌다
술 취한 날이면 어느 틈엔가 내 품에 안겨 있는

고양이를 부르려고 마시는 맥주
맥주 속에는 나를 보는 고양이들의 눈동자
보글거리다 퍽퍽 하나둘씩 터진다
부드러운 털로 입술을 쓸고
살짝 할퀴며 목으로 넘어가는 건, 너니?

야옹야옹 고양이가 고양이들을 끌고 돌아오고 있다
꼬리를 치켜들고 사뿐히 내게로 오고 있다

발가락을 간질이며 배꼽 위로, 품속으로 뛰어 들어오는
고양이
　　보드라운 너를 나는 반가이 안는다
　　고양이의 혀가 닿은 내 볼에서 긴 수염이
　　발톱이 손톱이 자라는 소리를 들으며
　　나는 밤의 높은 담을 훌쩍 뛰어넘는다


　　창밖 허공으로 누군가 놓친 고양이의 흰 꼬리가 반짝 빛
나는 밤이다

# 삭朔

검은 코트에 붙어 있던 흰 실밥 한 가닥
가만히 손 내밀다 끝내 가닿지 못하고
한 점으로 사라져 간 어느 겨울밤

오늘 저 밤하늘에 붙어 있는 흰 초승달
손을 뻗어도 닿지 않아
그날 끝내 떼어 내지 못한 실밥 같아

가슴 한쪽에 숨어 있다가
가끔 모습을 내미는 그 사람 같기도 한
저 하늘 야윈 내 검지 같은 굽은 달 하나

# 위로

옷장 문을 열면
거긴 언제나 붉고 노란 이불들 있다

오늘은 나 대신, 차가운 바닥에 등을 대고 누운
너에게 목화솜 이불 꺼내 덮어주고
무거웠던 하루의 머리를 들어 베개를 베 준다

가만히 팔베개를 하고 누워
잠든 너의 얼굴을 본다

낮은 창틀로 떨어지던 빗소리 그치고
퉁퉁 부은 너의 눈두덩이 위로 어둠이 내려앉을 때까지

한숨 자고 일어나
다시 이불을 개어 넣고는
물 한 잔 얻어 마신 듯 개운하게
방문을 열고 나가는 너의 등을 본다

괜스레 목이 멘다

# 별 2

깜깜한 밤하늘에서
별 하나가 지상으로 떨어진다
길게 꼬리를 빼며 어둠 속으로 사라진다

이별離別도 반짝이는 별이다
가슴속에서 떠도는 기억의 사금파리다
유성流星보다 꼬리가 긴 별이다

오늘도 나는 이별하는 중이다

너는 자주 내게 와 어리다 가고
나는 자주 눕는다 누워서
수평선 끝자락에 누운, 산 같은 너의 등을 본다

오늘도 너는 내 옆에 와 눕는다

너의 등 너머 먼 산등성으로 지는
어스름한 저녁처럼

너는 내게 긴 그림자를 드리운다

그 속에서 잎 넓은 나뭇잎들이 서로의 살 부딪는 소리 듣
는다

밤보다 더 까만 너의 등에

희미해진 달을 그려보다가

무거운 너를 머리까지 뒤집어쓴 채 잠이 든다


등과 나 사이는 너무나 아득하고

까만 능선 위로는 개밥바라기별 하나 반짝인다

# 호스피스 병동

여기는 우물 속
바람이 거세게 불어도 흔들리지 않는
대낮에도 고요가 낮게 엎드려 있는


어머니, 먼 길 돌아와 비로소 신을 벗고 누웠다
날아갈 수 있을 만큼 가벼워졌다
겨자 씨앗만큼 작아진 어깨 위
햇빛에 반짝이며 먼지처럼 부유하는 당신의 시간


패랭이 꽃망울 되어 침대에 맺혀 있는 어머니
몸을 비우고 물을 채우고 있다
귀 기울여 보면 어제보다 더 많은 물소리
이제 꽃대 속을 비우고 돌아가야 한다


눈과 코와 입을 뭉개며 쏟아져 나오는 홍자색 꽃 이파리
복도로 흘러 호스피스 병동으로 새어 들어온다
바짓단이 젖지 않을 정도로
조용히 앉아 물결에 발목만 담그고 있는 사람들

사방으로 넓힌 곁가지들 하나씩 잘라내고
뿌리 드러낸 채
망설이다 떠나는 그 긴 복도
달개비, 바람꽃, 앵초로 피어나 불 밝히는 기도

패랭이꽃 있던 빈자리
후욱 끼치는 마른 풀의 향기
멀어지는 어머니의 발자국 소리

# 칼이 웃고 있다

오늘 또 너는 떠났다
어차피 다시 돌아올 것이다

눈치채지 못하게 옆구리로 파고들어
피 한 방울 없이, 가슴을 도려낸 후
차갑게 등 떠밀던 회칼이여

제 살결이 썰려 나가는 것도 모른 채
살 부비며 눈 껌벅이던 그대여

그 속의 푸른 물결이여

뒤늦게 뜨인 제 살 바라보며 운다 한들
다시 돌아가지 못할 모자반 숲속이여

모래사장이 아무리 바다를 밀고 떠도
다시 파도가 밀고 올라오듯
흰 살 도려내도 온몸으로 올라오는 그대여

지느러미도 아가미도 없이
번번이 또 다른 그대 앞으로 돌아오는 것은
떨굴 수 없는 그 비릿한 사랑 때문이니


흰 도마 위 맑은 그대의 눈을 보며
오늘도
획, 칼이 웃고 있다

# 달의 혀

― 백일몽


어깨가 기울어진 어닝창을 열고 창틀을 넘어가면 거긴
두 개의 달이 떠 있는 바닷속


물이 닿으면 온몸에 소름처럼 돋는 은빛 비늘
숨을 들이키자 달의 긴 혀가 몸을 한 바퀴 돌아 뒷목으로
빠져나온다
배꼽에는 하늘거리는 지느러미
나는 모자반 숲속 알몸으로 들어가 살 부비는 부시리
바닷속 검은 절벽에서 팔랑거리는 노랑 나비고기다
물결의 허리를 감고 춤추는 붉은 스패니시 댄서다
뼈가 녹아내려 피어난 흰 산호였다가
겨울밤 검은 바닷속을 휘날리는 눈이 된다
촘촘한 그물에 걸리지 않기 위해
쪼개고 쪼개며 작아져 마침내 물방울이 되어 투명해졌다
아랫물이 되어 윗물과 섞였다
부드럽고 거칠게 회오리쳐 피어나던 무수한 파랑波浪의
꽃들
멀미가 심해질수록 절벽은 더 깊어졌고

나는 뿌연 물안개가 되어 희미해져 갔다


등 뒤에서 누군가 부르는 소리
오래 못 들은 척했다


운다 서럽게 운다
똑 똑 개수대 물 떨어지는 소리
5살 어린 딸이 젖은 눈으로 내려다보고 있다
눈동자 속에는 출렁이는 바닷물
나는 축축한 갯벌이 되어 방안에 누워 있었다
환한 대낮 베란다 건조대에
마른 옷들이 낙엽처럼 바스락거리고
창밖에서 아이들이 깔깔거리는 소리가 났다


울다 잠든 아이를 끼고 여전히 일어나지 못했다
베개 밑에는 수북이 소금이 쌓이고
기침을 하면 쿨럭쿨럭 바닷물이 새어 나왔다
옆으로 누우면 어깨에 비늘 몇 개 박혔다

해 질 녘 붉어지는 노을 속으로
바다나리 한 마리 오래 허공을 떠다녔다

# 조기

바다인지 하늘인지 그의 눈 속은 망망茫茫하다
고요히 제상에 올라와 있다
파도며 시간도 비껴간 회색의 몸통 아래
일렁이던 물결 황금빛 반짝이는 바다의 흔적
그의 복부에는 푸른 물보라가 고요히 갇혀 있다
목침 베고 누워
그는 지금 서쪽 바다를 건너고 있다

# 이층 창틀에 기대어

햇빛 이우는 오후
이 층 창틀에 기대어 밖을 내다본다

건넛집, 파란 슬래브 지붕 위
잿빛 박새 한 마리
빙판 같은 하늘로 훌쩍 날아오른다
바람이 어머니의
구겨진 앞치마처럼 펄럭인다

지는 해를 보며
밥을 뜸 들이고
국이 끓기를 기다리다
문득 창틀에 기대어
오지 않은 식구들을 기다렸을 어머니

창밖 플라타너스 잎은
더 넓어지고
이제 어머니의 뒷모습을 닮은 내가

아버지 저녁상을 보다
창틀에 기댄다


거실에선 아버지 홀로 티브이를 보시고
닫혀진 현관은 고요하다
아버지의 눈동자 속 허공으로
11월의 바람이 지나간다
내 등 뒤로 어둠이 스며드는 어스름한 오후

# 빈 꽃대궁

개심사 대웅보전 앞 오층석탑 지나
굵은 벚나무 아래 경지鏡池
거기 목 꺾인 연꽃대궁 하나
처마 밑 나부상처럼 하늘을 받치고 서 있다

흔들리는 꽃대
푸르스름한 긴 목을 바람이 휘감는데
한 치 주저 없이 떨어져 나간 꽃자리에
깃동잠자리 한 마리

흰 옷자락으로 눈 가리고 곤두박인
붉은 뺨의 너를 보내고
직립으로 서 있는 비명의 몸

목을 꺾어 울 수 없던 나날
너를 찾아 검은 수면水面 속을 헤매느라
발목은 오래 젖어 있다

이제 수면 위

가장 낮게 엎드려

물결로 제 상처를 꿰매고 있는 꽃대


돌계단을 타고 부연 끝으로 흐르는 바람

꽃대 위에 앉았던 깃동잠자리

윙— 원을 그리다 날아간다


선 채로 향香이 되어

물속에 푸른 연기를 풀고 있는


너를 기억하는 빈 꽃대궁 하나

# 6월, 어느 날

벚꽃나무는 슬그머니 제 몸을 떠나간 꽃잎들이 그리워
진다
이제 막 이별하고 있는 색 바랜 철쭉
그들의 먹먹함이 담담하기만 한 6월 한낮
떨어져 간 모든 상처에 연둣빛 일상이 수북이 내려앉는다

뜨거워지는 태양 빛에 장미는 더욱 붉어지고
불두화는 눈덩이 굴리듯 흰 꽃잎을 부풀리고 있다
은행나무는 그늘을 만드느라 분주하다

바람도 잠시 느티나무 아래서 쉬고 있는 오후
그 옆에 앉아 시집을 읽어도 좋은 날이다

# 목백일홍

1.
장례식장 앞 검은 옷을 입은 사람들 몇, 그 옆으로 붉은 백일홍 나무 서 있다 건물 뒷산의 갈참나무도 앞쪽 주차장의 차들도 다 멈춰 있는데 마지막 인사라도 하는지 눈자위 붉어진 꽃, 백일홍 제 혼자 흔들리고 있다

2.
하얗게 다 지워져 가는 풍경 속에서
색 바랜 붉은 원피스 입은 여자아이 하나
장례식장 문을 밀고 나와 목백일홍 둥치 속으로 사라진다

몸에서도 가지가 뻗어 마디마디 피는 꽃 있다
지나간 시간 속에서 점점이 붉게 맺히는 사람이 있다
바람 불지 않아도 흔들리는 날 있다

내 가슴 깊숙한 곳으로 들어와 짐을 풀었던 네가
오늘은 겨드랑이 사이에서 느리게 걸어 나오고 있다
내 눈 속에서 붉게 백일홍이 핀다

제3부

# 곤쥀이

용비저수지 가서 보았다

물속에 거꾸로 박혀 물구나무서 있는 버드나무

애써 일으켜 세우자 나뭇잎 사이로

물비늘 반짝이며 딸려 올라오는 것들

뚝뚝 떨어지던 물방울 바람에 날리자

번데기의 등이 갈라지며 나비가 나오듯 허물을 벗듯

바람에 마른 비늘을 벗고 있는 물고기

온몸이 젖은 털이다

나무 밑으로 수북이 쌓인 붉고 노란 둥근 비늘

아가미는 닫히고 가슴지느러미는 자꾸만 커졌다

물 밑 시간에서 풀려나듯

날개를 퍼덕이며 발끝에 힘을 주고 위로 솟구쳤다

그림자에서 벗어난 물고기는 이제 하늘을 헤엄친다

푸른 청포 사이를 빠져나가듯 바람을 가르며

구름의 높이만큼 올라갔다가 내려왔다

부레 있던 자리에 기낭을 부풀리며

햇살 사이를 미끄럽게 빠져나갔다

저수지의 깊고 우멍한 눈 속으로

새 그림자 점점이 사라져 갔다

그날 이후, 바람 부는 날에는
새들에게서도 가끔 물비린내가 났다

# 롤리키드

푸른 벨벳 긴 의자 위
사람들이 말없이 앉아 있다

머리에 자신만의 새집을 이고 새의 생각에 골몰하고 있다

떠난 애인의 눈 속으로 날아가 눈물로 고여 있는 새
초승달을 향해 날아가는 새
노랑 부리의 새는 작년 겨울에 갔던 설산에서 눈을 맞고
있다

둥지를 모자로 가린 남자, 새는 그 속에서 모자의 양식樣
式과 색色을 풀어내고 있다

저마다의 머릿속에서 와글거리는 새들의 소리로 전철 안
이 소란스럽다

검은 댕기 깃의 새 한 마리는 이제 막 돌아와 깃털에 묻
은 바람을 털어내고 있다

단발머리 갈색 코트 입은 여자, 황급히 가방을 챙겨 들고 수유리 역에서 내린다
　그녀의 머릿속에서 우아하게 앉아 나를 보던 긴 꼬리의 새도 붉은 깃털 몇 개 남기고는 함께 사라진다

　내 머릿속 새 한 마리 꺼내 본다
　콩닥거리는 심장과 섬세한 날개 뼈의 질감
　작고 여린 새를 내 손에서 놓아준다
　파닥이던 새는 서툰 날갯짓으로 날아올라 곧장 달이 비추는 말간 밤의 정화수井華水 속으로 사라진다

　나는 다시 내 정수리를 쪼는 갓 태어난 롤리키드의 생각에 빠져든다

# 노랑

주유소 아르바이트를 하는 19살 순철이
머리가 노란 그 애는 무엇이 좋은지 마냥 웃고 있다


요양보호사지원서를 부치고 돌아오는 50살의 영자 씨
우체국 담벼락의 노랗게 핀 개나리를 보며 한참을 서 있
는다


회색 보도블록 사이로 고개 내민
민들레의 여린 이마를 쓰다듬고 가는 바람에게서
구례의 산수유 소식이 들린다


봄의 첫 노랑나비는 행운이라는데


나는 왜 앉았다 일어나면 자주 세상이 노란 걸까


혹독한 겨울을 난 남천의 잎은 노랗게 변해가고


광화문에는 푸른 제복들 사이로 노란 풍선을 날리는 사

람들

하얗게 퇴색되어 가는 팽목항의 노란 리본

노랑은 꿈인가 슬픔인가

# 숲속의 보보

또 무언가 사라진 것일까

내 시간의 숲속에 살고 있는 짐승 한 마리 보보
사나운 놈이다

연필이나 지우개를 삼키던 조그맣던 놈이
인형을 삼키고 지폐를 삼키고 애인을 삼키고
점차 커지더니 재작년에는 엄마마저 삼켜 버렸다

굴참나무 뒤에서
산딸기 덤불 속에서
내가 본 건 검은 그림자뿐

벌써 커질 대로 커진 놈은
이젠 내 머리를 노리고 있다

지금 우리는 숨바꼭질 중
술래는 언제나 보보

이 숲을 빠져나가는 유일한 문은

놈의 검은 아가리뿐이다


나는 잠시 정향나무 그늘에 숨어 꽃향기를 맡고 있다


스윽, 방금 사라진 건 무엇?

# 아무르*


서울 도봉구 방학로

찬바람에 퍼렇게 얼어 있는 대문

창백한 화강석 계단

겨우내 얼어버린 군자란

녹슨 장명등 밑 바람에 덜컹이는 현관문

반질거리는 마루 그 끝에 놓인 티브이

가족사진, 아들 대학 졸업사진, 손주들 사진

벽에 걸린 80여생의 모자이크

검은 수면으로 떨어지는 시간의 눈송이

소파 위로 싸락눈처럼 쌓이는 정적

주방 싱크대 위 잘 닦아 업어놓은 식기 두 개

닫힌 안방 문

꽃무늬 이부자리 위 흰 불두화를 입에 문 할머니

뿌리 뽑힌 연리지 한 그루처럼

그 위로 엎어져 있는 할아버지

압화 된 꽃잎처럼 창백한 볼

살점 발라낸 듯한 손

머리맡에 구르는 두 개의 갈색 병

자개경대 위 수북한 약봉지

째깍째깍 시계의 초침 소리
쳐진 커튼 틈으로 비추는 볕뉘


* 아무르(amour:love) : 미하엘 하네케의 2012년 작품. 제64회 칸영화제에
서 황금종려상 수상.

# 붉은 꽃을 피울 줄 알았다

눈부시고 환한 대낮

여름내 퍼렇던, 저 넓은 등판이 하르르 흔들리고 있다

떠난 수秀의 손을 놓지 못하고 있는 내 등판도 저토록 서
늘할까


능소화 같은 붉은 꽃을 피울 줄 알았다

안으로 뾰족한 손톱을 키우는 줄도 모른 채

잎을 피우고 또 피우고


연초록 보드라운 입으로

발등부터 입 맞추며 온몸을 다 덮어버려도

귀 막고 눈 감고, 실뿌리 하나도 받아들이지 않던 담장


더듬더듬 거친 몸을 보듬느라 부르튼 입술

해지고 뭉개진 손가락으로

담쟁이 한 잎, 오늘 그의 어깨를 움켜쥔 채 울고 있다


설핏한 마른 담쟁이의 등뼈 사이를 바람이 쓸고 지나간다

담의 쇄골에 남아 있던 붉은 입술 자국 툭 떨어진다

너를 꿈꾸지 않았다면
네 손끝에 내 손을 대지 않았다면
혼자 설 수 있었을까

담쟁이를 등지고 서 있는 저 금 간 담장 위
이제 막 앉았다 날아가는 흰나비 하나

# 키클롭스*의 눈물


외눈박이 허밍버드도 가끔은 한 번씩 울고 싶다


몸에 뿌리내린
버드나무라던가 패랭이 맘껏 자라도록
오늘 긴 부리가 젖고 있다
울고 있다


운다는 건
빨강 노랑 자물려
꽃망울이 터지는 거
어항 속 금붕어 입에서 나오는
공기 방울 같은 거


달은 새의 눈동자
까만 속눈썹이 발밑에 쌓이는 날이면
모래 밑으로 흐르는 눈물


파란 영양이라던가 세뿔투구꽃 같은

모든 사라져버린 것들과
사라져가는 것에 대해 생각하며
공중에서 기낭을 부풀리고 있는 검은 눈동자


말라붙은 저수지의 젖을 물고 있는 쇠오리 한 마리
속수무책 바라보다
저 깊고 캄캄한 키클롭스의 늑골肋骨에서 새어 나오는
물 흐르는 소리


오늘 허밍버드가 운다


* 그리스 로마 신화에 나오는 외눈박이 거인.

# 주먹 속에는

꽉 쥔 주먹 속에는
뒤꿈치가 다 닳은 몇 갈래의 길이 있다
그 길 어디쯤 트리갭의 샘물*이 고여 있고
손 밖에서 손안의 나를 바라보는 내가 있다

길에는
사랑을 점치던 코스모스 꽃잎
첫눈을 기다리다 부러진 손톱이 박혀 있다
푸른 물풀들 사이를 빠져나가는 내가 있다

젖 냄새 풍기는 헐렁한 티셔츠 속
내 새끼들 오물오물 나를 파먹고 있다
11층 아파트에서 번지점프를 꿈꾸는 마리오네트
오래전 잠갔던 녹슨 창문을 여는 내가 있다

집에서 사무실 오가는 길로만 켜지던 노란 가로등
한껏 부푼 꽈리처럼 터질 준비를 하고 있다
양손에 검은 비닐봉지를 들고 어두운 언덕을 오르다

뭉개진 계단에 주저앉아
짓무른 발가락을 더듬고 있는 내가 있다

손을 펴보면 빠져나간 지문들
발자국 패여 깊어진 주름만 있다
잎 다 진 12월 은행나무 아래
여전히 서성거리고 있는 길고양이,

허공을 떠도는 뒤바람처럼
주먹 속을 떠도는 내가 있다


* 나탈리 배비트의 소설 제목이자 소설 속 샘물.

# 양치식물

　한 남자가 공원 벤치에 앉아 여자에게 자신의 헤드셋을 씌워준다 두 사람의 눈길이 부딪히자 남자의 몸속에서 푸르게 일렁이던 물결이 여자의 귓속으로 흘러 들어가고 여자의 반짝이던 눈빛이 남자의 검은 눈동자 속에서 나비가 된다

　그러자 어둡고 딱딱한 그들의 가슴을 뚫고 올라오는 눈부신 꽃대 하나
　그 끝 폭죽처럼 환한 수련 한 송이
　허공을 가득 채운다

　저런 순간이 있었던가
　물과 빛을 나누던 순간이

　나는 습지에서 자라는 양치羊齒
　햇빛을 곁눈질하며 그늘에서 빠져나오지 못했다
　별꽃 한 송이 피워보지도 못한 채
　이제 늑골 밑 안개집에서

꽃씨 같은 검은 포자胞子를 쏟아낸다


그늘의 발끝까지 햇귀가 퍼지는 오후였다

# 백합 칼국수와 껌 그리고 아버지

아버지의 남은 계절은 봄이 오지 않는 겨울이다
아버지의 어깨 위로 눈이 쌓이고 있다
손을 뻗어도 닿지 않는 거리에서
사그라지는 한 줌 햇빛 속에서 혼자 계신다.
나는 가끔 그런 아버지와 저녁을 먹는다
오늘의 메뉴는 백합 칼국수

물이 끓어오르고
단단하게 입을 다물고 있던 커다란 백합이 떡떡 아가리
를 벌릴 때쯤
굳게 닫혔던 아버지의 입도 열린다
한 잔 또 한 잔, 술이 들어가자
젖은 짚 같던 아버지의 얼굴에 불이 붙기 시작한다
아버님 아버님 하는 사위의 추임새 소리에 비로소 타들
어 간다
활활 불붙어 얼굴에 화색이 돈다
기다란 면을 후루룩 목구멍으로 넘기며
국수처럼 긴 당신의 인생 중 어느 순간을 뚝뚝 끊어가며

얘기한다

　아버지의 옛이야기는 달콤한 껌이다
　언제든 씹으면 단물이 솟아나는 가장 맛있는 메뉴다
　붙여놨던 껌을 떼어 씹고 또 씹고
　너무 씹어 딱딱해진 껌을 늘 처음인양 맛있게 씹는다
　우리도 덩달아 맛있다는 듯이 씹고 있다

　엄마가 돌아가신 후
　안방에도 못 들어가고 마루에 이불을 깔고 주무시는 아
버지
　까맣게 가라앉은 우물 속에서 홀로 밤을 뒤집어쓴 채
　축축해진 눈가를 버석한 손으로 쓸었을 아버지다

　그런 아버지의 머리맡에서
　오늘 밤도 씹던 껌이 북극성처럼 아버지를 비추고 있겠다
　길 잃지 마시고 다시 제자리로 돌아오시라고
　내일도 모레도 오래오래 잘 찾아오시라고

다시 떼어 맛있게 씹으시라고

이제 막 돋아나는 아기의 젖니 같은 껌이 까만 어둠 속에
서 반짝 빛나고 있겠다

# 해학

늙은 아지매 주름진 얼굴의

화사한 꽃분홍 립스틱

다 진 뒤 혼자 퍼버린

때늦은 철쭉 같다

# 산수유꽃

## 1. 눈물

나무가 몸을 푼다
양막 찢겨지며
벼락 같은 꽃 쏟아내고 있다

맹골수에 자식을 묻고
가슴에 노란 꽃 한 송이 받은 어미들의 눈물
바람을 흔들어 깨우는 꽃이다

물과 물이 부딪혀 찰박거리는 소리
깨진 손톱 밑 부푼 살처럼
아린 꽃잎으로 피어난다

노랗게 나부끼는 꽃잎

4월, 산수유꽃들이 산을 지우고 있다

## 2. 꽃의 입

산수유 가지에 핀
저 꽃은 햇빛이다
아니, 바람을 듣는 귀다
꽃의 내력來歷을 전하는 입이다
오소소 돋아난 너에 대한 기억의 점자點字다

한쪽 다리가 짧은 너의 이야기
나의 생인손과 짓무른 발의 이야기다
꽃은 모든 것을 말하지만
아무것도 이해할 수 없는
바람만이 꽃의 입을 더듬고 가는 4월

새 떼 앉았던 자리마다 돋아나는 푸른 혀들
상처 난 허공을 핥고 있다

# 사이키델릭

제 꼬리를 물려고 한자리를 뱅글뱅글 도는 고양이, 밤의
난간에서 발을 헛디뎌 굴러떨어진다

위로 아래로 위로 아래로 나는 지금 목마를 타고 있다 천
천히 도는 회전목마가 철골처럼 단단하기만 했던 내 몸을
풀어 놓는다 헐렁해진다 둥근 시계 속 물고기들, 미끄러지
며 벽을 타고 녹아내린다 목마 위 나는 뭉그러지고 사라진
자리 열일곱 낯익은 여자애가 웃고 있다 울고 있다 눈코입
이 분별없이 섞이고 흐릿해진다 천정의 백열등 뿌연 불빛
속 끊어진 필라멘트, 까맣게 탄 나선의 소용돌이, 늘어지고
휘어지며 물결무늬로 오래된 스웨터를 풀고 계시는 엄마,
물렁해지는 엄마의 손가락 사이로 구불구불 풀려나가는 털
실, 붉은색 노란색 푸르게 일렁이다 바다가 된다 출렁출렁
뒤척이던 햇빛, 한 마리 노랑나비가 되어 다시 날아간다 팔
랑팔랑 멀어진다 작아지다 한 점이 된 나비, 홍자색 순채꽃
속으로 스며든다 주르륵 흘러내리는 꽃잎, 검푸른 수면 속
으로 사라진다 사막처럼 고요해진다

새벽 한 시, 고양이는 지금 여기에 없다

# 마트료시카

매니큐어가 지워진 발톱에서 하얀 낮달이 밀고 올라오
네요

창은 또 어제의 동고비를 품에 안구요

그래요 벗겨도 벗겨도 마트료시카는 마트료시카예요

시간은 연두에서 초록까지의 건너뛰기거나

물과 바람의 저글링인걸요

껍질을 벗기다 눈물을 흘리는 건 양파 때문이 아녜요

멈출 수 없는 내 발 때문이지요

제 발을 끊고 잠드는 사람들도 있네요

여기 오늘 더 작아진 나의 마트료시카가 있어요

나에겐 노랗게 시든 여섯 번째 손가락이 있어요

떡잎을 떼어 지붕 위로 던져요

문을 반쯤 열어놓은 채 집을 나와요

체크 셔츠를 입고 공원 한 바퀴를 돌아요

아직은 한낮이라 어지러워요

얼마나 더 돌아야 어두워질지 몰라

그냥 벤치에 누워 눈을 감았어요

손가락 떨어져 나간 자리에서 너도밤나무 싹이 나오는

꿈을 꿔요

　눈뜨면 다시 한낮이에요

　아직 밤을 본 적은 없어요

　조금 더 길어진 귀룽나무의 그림자를 끌고 집으로 돌아

와요

　구두 뒤축 닳는 소리가 들리네요

　어두워지려면 멀었어요

　창가의 마트료시카, 여전히 나를 보고 있네요

# 혜정이

시집 가 거제도에서 살던 내 사촌 동생 혜정이
거특허문 너네 집에 가라고 해서 어린 나를 울렸던
더 어린 계집아이 혜정이
장다리꽃 닮은 혜정이

오늘 새장 문을 열고 날아갔다
까맣게 곰팡이 슨 횃대 벗어나 훌훌 날아갔다
발밑에 이름 석 자 남기고 날아갔다

누가 열어줬을까
문 지키던 두 아들 잠든 사이
덜거덕거리던 새장 헐거워진 새장
열린 틈새로 호로롱 날아갔을까

다리가 유난히 길었던 새장, 오늘 밤 텅 빈 채
흰 침대 위 호젓이 놓여 있겠다

지금은 잠잠히 새털을 고르고 있는

내 늑골 밑 새 한 마리도
나가고 싶어 가끔 푸드덕거리지만
아직 문을 못 찾고 있다

6월 마지막 밤 혜정인 이제 여기 없는데
밖에선 여전히 개구리 떼들 꽉꽉거린다
갇힌 새들 꽉꽉거린다

# 율마가 떠나고


네가 준 율마가 죽어 화분을 비웠다


시남없이 머리카락이 빠져서 내 몸에서 떠나가듯
너의 손가락과 발가락이 하나 둘 씩 떨어져 나갔다
입술이 바짝 말라가도록
나는 아무 말도 못 하고 너의 등만 바라보고 있었다


현관에 남겨진 신발 한 켤레
퀭한 눈으로 나를 보고 있다
빈 화분에 내 심장을 넣고 물을 주면
하얀 손가락 뻗어와 다시 내 손을 잡아줄까
잘린 너의 손톱을 베고 누워본다
파리해진 입술이 귀를 적시고
벽 틈에서는 긴더듬이잎벌레가 기어 나와 내 온몸을 기
어 다닌다


문밖을 떠돌던 너의 지문指紋이 지금 내 뺨을 쓸고 있다


네가 손끝마다 푸른 잎으로 돋아나는 밤이다

제4부

# 해피 버스데이

머리를 잘라요

어제를 잘라요

막 자라고 있는 손톱을 잘라요

까맣게 밑으로만 자라는 생각을 잘라요

오늘의 기분은 열대성 폭우, 검은 장대비

부드러운 두피를 뚫고 나오는 고슴도치의 가시

나를 묶었던 밧줄을 잘라요

시간이 지나도 녹슬지 않는 질긴 저것들을 언니가 잘라요

초승달에서 보름달로

겨울에서 여름으로 건너뛰기 해요

새로운 이야기를 들을 수 있게 귀를 보여요

조금 전까지 자라던 말들이 뚝뚝 바닥으로 떨어져요

버리지 못하고 껴입었던 옷들이 수북이 쌓여요

언니, 모두 쓸어버려요

색깔은 로제 와인색으로

검은색을 버리고 새로 시작할래요

비가 그쳤으니 이제 곧 내 머리 위로 갠 하늘이 열릴 거
에요

그럼 내가 다시 나를 봐주겠죠

오늘이 내 첫 번째 날이에요

자, 이제 폭죽을 터트리고 내게 말해요

해피 버스데이 투 유

# 서해

내 손에서 빠져나간 너의 긴 손가락을 생각하다 서해로
갔다

바람도 모래도 물도 너무 쉽게 빠져나가는 곳

텅 빈 갯벌이 있는 곳, 서해

바다는 동해지요
동해처럼 펄떡거려야 바다지
서해처럼 죽은 바다는 바다도 아니에요
강릉에서 왔다는 영종도 택시 기사는 말했다

아저씨는 모른다
서해가 왜 죽은 듯 고여 있다가 빠져나가는지
나 같은 사람이 왜 서해로 오는지

가능한 한 멀리 저 멀리
수평선까지 밀어버린 그 마음을 본다

갈라지고 얼룩덜룩한 상처 위로 쏟아지는 햇빛을 본다
아직도 질척이는 미련 위로 불어오는 바람도 본다

그 텅 빈 갯벌을 보고 있으면
네가 목구멍까지 차올라서 체한 것 같았던 나날들
나도 다 게워낼 수 있을 거 같았다

멀리서부터 푸른 노을이 번진다
갈매기 떼를 몰고 새살처럼 밀려오는 물결이
짓무른 상처 위로 찰박찰박 차오른다

다시 가득 차고 고요해진 서해를 바라보다 돌아오는 길
다 비워낸 마음에 다시 물 차오르는 소리 들려왔다

마도요니 검은머리갈매기니 하는 날개 달린 것들이
가득 내 안으로 날아들어 푸드덕거리는 소리 들려왔다

# 내가 장미라고 불렀던 것은*

1
밤새 천둥소리 들렸다
비가 내렸고 바람이 불었다

새벽, 산책길에서 본 숲은
이제 막 울음을 그친 아이처럼 핼쑥했다
배롱나무도 쥐똥나무도
이마가 찢겨진 채 침묵했다

오방색으로 흩어진 숲 언저리
숨겨 둔 애인 같고
아기 같고
계모 같은 붉은 장미꽃이 만발해 있었다

2
비상등처럼 선명한
빨간 미소가 수상하다

핏물 머금은 꽃잎 마다
번지는 윤기가 섬뜩하다

저 깊고 붉은 어둠 속에 갇혀
우우 울음소리 들리는 것 같다

내가 장미라고 불렀던 것은
지난밤 숲이 뱉어놓은 울음
물관 속을 흐르던 여름의 기억
죽은 잎들의 심장

비바람 분 다음 날
새 울음소리 높고
장미는 더욱 붉다

* 전동균의 '내가 장미라고 불렀던 것은'.

# 미스김라일락

3월 첫째 주 목요일, 빈 베란다에 찾아온 미스 김
낡은 가방 하나 들고 내게 왔다

여러 날 죽은 듯 잠만 자던 그녀
바람의 기척이라도 들었는지 고개를 들었다

목덜미가 희고 길었다
곧 사라질 것처럼 희미했다

그녀의 가늘고 푸른 눈썹은
무연히 허공에 놓여 있는
마른 손가락 같기도 했다

미스 김, 그녀에게서 떨어져 나가 섬이 된 꽃들에 대해
얘기했다
입 틀어막고 우는 꽃들의 울음소리가 창밖 어디서나 들
리는
긴 겨울이었다고 했다

달빛 지느러미를 찰방이며
지난밤, 섬들이 고래처럼 헤엄쳐오는 꿈을 꿨다고 했다
그러고 보니 쿵쿵 심장이 뛰는 소리에 맞춰
멀리서 꽃들의 발걸음 소리 들리는 듯했다

닫혀진 창틈에서 달금한 봄의 향기가 났다
겨우내 잠겨 있던 낡은 가방을 열며 그녀가 말했다
깊숙이 넣어뒀던 연보라 원피스를 꺼내야 한다고
곧 외출할 시간이라고

그녀의 뺨이 붉어지고 있었다
이제 곧 하늘하늘한 치맛자락 흔들며 미스 김, 문 나서
겠다
머뭇거리며 더듬더듬 내뱉는 섬들의 말들로
가파른 난간 같은 그녀의 이마가 푸르러지겠다
나는 이제 베란다 창을 열어야겠다
새들이 날아와 그녀의 텅 빈 어깨를 채워줄 수 있도록

벌써부터 베란다 가득 꽃들의 수런거리는 소리 들려온다

# 비릿한 혀


내 안에는 둥근 갯벌을 가진 바다가 있어


가끔 들창으로 물이 넘치기도 하고 어귀로 파문波紋이 쏟아져 나오기도 하는, 민챙이처럼 납작하게 엎드려 있는 갯벌에는 그 많은 숨구멍을 뚫고 올라오는 붉은 해홍 종아리를 걷어 올린 채 발가락으로 나문재의 지문을 더듬고 있는 청다리도요도 있어 때때로 찢어진 지느러미가 파닥거리기도, 상한 바지락이 펄을 게워 내기도 하는


저 까만 수평선 끝 아버지와 어머니 그리고 그 어머니의 울울한 기억의 심해에서 불어오는 소금 바람, 그 냄새를 타고 내 뼈 안에 스며있던 물결이 출렁이면 폭우처럼 쏟아지는 은빛 멸치 떼들


붉은 갯벌은 사철 언제나 부화 중인데
오늘도 알을 깨고 엽낭게가 떼 지어 내 입술 밖으로 기어 나와
성급한 게 한 마리 벌써 네 귀에 알을 슬고 있어

타닥 타다닥 나는 자판으로 비릿한 바다를 타이핑하고

모니터에는 이제 막 갯지렁이를 삼킨 망둥어가 꿈틀하고

# 비의 손

오래전 여름, 눈멀고 귀먹은 채 미끄러지듯
한 사람의 가슴으로 스며들었던 손 하나 있다

생각할 틈도 없이
탁, 꽃봉오리가 터지는 순간처럼
하필 왜 그였을까

저녁 삼나무 숲 같았던 그의 몸속에서
손이 한 일이라고는
굽은 삼나무 잎에 이슬 한 방울 남긴 일
그의 뺨에 돋은 이끼만 손끝에 묻히고
실뱀마냥 슬그머니 풀숲으로 숨어 버린 일
바람꽃잎으로 흩어지고 휘돌다
가랑가랑 그의 마른기침으로 빠져나온 일

지금 창밖, 내리치는 빗소리
둥글게 말은 내 손이
맨발로 그의 가슴으로 뛰어드는 소리

끝내 그의 몸을 빠져나오지 못한 손톱 조각 하나
이마에서 꿈틀거리며
저녁 삼나무의 정수리로 건너가는 소리
그 소리를 타고 사방 숨 가쁘게 퍼지는 삼나무의 향기

젖은 손으로 내 등허리를 타고 기어오르는
생인손 같은 그 여름, 비의 기억

가슴을 두드리는 차가운 비의 손

# 801호 성광자 님

엄마는 치자 꽃씨 주머니 되어
흰 침대에 누워 있다

바니안 나무줄기 같은 마른 손목에는
아리아드네의 실이 가늘게 묶여 있다
더디게 시간은 흘러가고
창밖 어둠 속에서 하얀 살비듬 같은 눈이 날린다
창호지처럼 맑아진 피부 속에
뜨거웠던 7월의 태양을 품고
까맣게 여물어 가는 씨앗
엄마는 투명한 치자 꽃씨 주머니다

깡마른 쇄골 밑으로
구루렁 구루렁
비둘기의 울음소리
형광등 불빛 아래 굳게 닫힌 입술
다시 툭 터지는 날
까만 치자 꽃씨

어둠 속에서 자유롭게 날아갈까

다시 봄날을 기다리며
엄마는 지금, 꿈꾸는 시간

# 사라지는 것들 속에 서서

차가운 것들은 차갑지 않다
눈송이나 얼음이
닿기만 했을 뿐인데 스르륵 녹는다
차가운 것들은 마음이 약해서
늘 축축한 물기를 남기고 사라지곤 했다

너의 손도 그랬다

반짝이는 것들은 어둡다
별도 형광등도
부신 듯 깜빡이다가 이내 꺼져버린다
반짝이는 것들은 그늘이 깊어서
꺼진 후 더 깜깜해지곤 했다

너의 눈도 그랬다

지금은 차갑고 반짝이는 눈이 휘날리고
나는 얼어붙은 아스팔트에 혼자 서 있다
주위를 둘러보면 남겨진 그림자뿐
방금 손을 잡고 있던 엄마도 엄마의 길을 떠났다

이제 또 산수유꽃이 필 것이고
사라지는 것들 속에서 나비도
저 혼자 팔랑팔랑 날아갈 것이다

가끔, 어쩌다가 한 번쯤은
네가 날아와 내 어깨에라도 앉았다 가면 좋겠다

# 봄날

하루가
후르르 벚꽃 잎 되어 날리는 날
시장바구니를 든 그 여자
또 다른 손의 검은 비닐봉지 속
그녀의 집 창가에 놓일
초록 잎사귀 바이올렛 화분 몇 개
그녀의 가슴엔 아직 오지 않은 봄
햇빛이 부지런히 그녀를 따라간다

굳게 닫았던 입을 떼듯
소리 내 웃는 것처럼
이제 곧 그녀의 창문마다
바이올렛 환하게 필 것이다

찬바람에 늘 고개 숙이던 그 여자도
그런 날에는 고개를 들어 꽃을 볼 것이다
푸른 잎맥마냥 주름진 손 턱에 괸 채
꽃잎을 펼칠 것이다

마흔여덟 번째 봄꽃을 피울 것이다

그리고 꽃술 같은 입술 동그랗게 내밀고
꽃이라 불러 볼 것이다
봄이라 불러 볼 것이다

# 악몽


휘청, 자정의 밤하늘이 중심을 잃자
몸 바깥을 서성이던 눈썹과 찢겨진 입술이
습기처럼 몸 안으로 스며든다


꿈속에서 몸을 받은 영靈이 방울도 없이 방언을 쏟아낸다
밤은 몸을 비틀고, 그 틈새로 잘려 나간 손톱들이 비집고
들어온다
잃어버린 얼굴을 찾아서 온 골목을 헤맨다
몸을 뒤척일 때마다 동백은 떨어지고
길은 점점이 붉게 물든다


소리 내어 울다 눈을 떴다


비릿한 꽃잎이 볼을 타고 흘러내린다


좋은 일이 생길 꿈입니다


새벽하늘을 찢으며 새들이 날아오른다

꽃 물든 문설주에서는 양들이 걸어 나온다

뫼비우스의 띠처럼 꿈에서 현실로 뒤바뀌는 순간

나방은 나비의 옷으로 갈아입는다


비문祕文은 눈꺼풀을 사이에 두고 안과 밖에서 춤을 추고

있다


벼랑에서 떨어지면 키가 크고

집안이 다 불타오를 때 이루고자 하는 일이 이뤄진다

목소리를 바쳐야 두 다리를 얻을 수 있다


오늘이 발뒤꿈치를 물어뜯고 있다

상한 꽃잎을 베개 속에 묻는다

손가락 하나를 제물로 내놓고

또 하루를 끌어당긴다

# 나뭇잎 수의

팔랑이는 것이 눈앞으로 날아왔다
나비인가 했는데 작은 잎이다
나뭇가지에서 떨어져 흙으로 가는 중
여기서 저기로 가는 길
입고 가기 딱 좋은 색
찬란하고 가벼운, 명랑한 노랑

스러지는 하루의 빛과
첫봄인 3월을 기억하는 색
울지 말라고 말하는 미소가
날개가 되어
지느러미가 되어
흔들리고 싶은 대로 나풀대는 나뭇잎

나뭇가지의 손을 놓고
나무의 푸른 옷을 벗고
비로소 자유롭게 한바탕 벌이는 찰나의 축제
바람의 손마저도 놓고 마지막은 이렇게, 밝게

뜨거움도 말고 차가움도 말고

실없이 헤벌레한, 기왕이면 따뜻한, 노랑

# 겨울 버즘나무

평생 길을 나서지 못했다
머물다 떠나는 박새를 보며
함께 떠나고 싶었던 버즘나무

하늘 높이 손을 뻗는 것이 그의 기도
그러나 버즘나무
이 겨울 마디마디 전정된 채 서 있다

후줄근한 양복의 고개 숙인 퇴직자
구인광고를 보던 아기 업은 젊은 엄마
그들의 어깨로 내려앉던
크고 투박한 아버지의 손 같던 잎사귀
잘려진 우듬지의 손끝이 시리다

더 나아가지 못하고 멈춰진 기도
발끝으로 차가운 땅속을 더듬고 있다
제 몸 안으로 길을 내느라
이 밤 수피 쩍쩍 갈라지고

온몸 허연 버짐을 피우고 있다

동고비새 한 마리 앉았다 날아간 자리
그 빈 어깨가 따뜻하다

텅 비어 있다
아니, 가득 차 있는 겨울 버즘나무다

# 이별

나뭇가지가 잎을 보내고
꽃잎은 떨어진다
단단한 빙하도 물이 되어 흐른다
끝까지 잡으려 했던 손끝이 미끄러지며
여름이 봄을 보낸다
영원이라고 믿었던 인연을 바다에 뿌린다

천상의 별 떨어지고
지상에선 별꽃아재비 꽃을 피운다
오늘을 보내고, 어제까지의 마음을 훔치고 밥을 먹는다

# 꽃피는 얼굴

올망졸망 벌노랑이가 보여

새침한 얼레지가 보여

이마엔 솜털 같은 별꽃이 자라

미간 사이로 이제 막 꽃잎을 펼치고 있는 금계국

두 귀에선 한껏 부풀은 금낭화가 삐죽이 고개를 내밀어

바람 한 점 없이도 코 밑에서 살랑대는 꽃마리

인동덩굴은 콧잔등 위로 줄기를 뻗고 있어

속삭일 때마다 벙긋거리는 입에서는

쟁강거리며 무더기로 피어나는 은방울꽃들


가시 하나, 마른 억새 하나 보이지 않는

두근거리는 6월의 얼굴이

날 보고 웃고 있어


두 눈에서 노랑나비 한 마리 사뿐히 내게로 날아오고 있어

# 기억의 저수지에서 부활의 하늘로

이숭원

(문학평론가, 서울여대 명예교수)

## 1. 감정의 물길을 넘는 계단

세계 명작 소설을 보면 비극적인 결말로 끝나는 작품이 많다. 묘한 것은 그런 작품일수록 독자들의 선호도가 높다는 점이다. 시의 경우도 비슷해서 슬픔을 표현한 시가 기쁨을 표현한 시보다 월등하게 많다. 사람들은 주인공의 비극적 결말, 시적 화자의 애상적 정서에 공감을 일으키며 그러한 작품에서 위안을 얻는다. 우리의 삶이 불행과 슬픔으로 점철되는 경우가 많아서인지 현실의 반영인 문학도 그러한 경향을 보인다.

일찍이 아리스토텔레스는 이 문제에 관심을 가졌다. 그는 당대의 비극 작품을 분석하면서 왜 관객들이 비극을 애호하는지 설명하려고 했다. 그는 배설이라는 뜻을 지닌 의학 용어 '카타르시스'를 가져와 비극의 효용을 설명했다. 비극을 보는 동안 관객들은 주인공의 파멸에 대해 연민과 공포의 감정을 느끼지만 연극이 끝나면 그러한 감정이 사라지면서 마음이 평온해지는데 이 상태를 아리스토텔레스는 카타르시스라고 했다. 인간의 불행을 목도하면서 그것을 객관화하게 되면 마음이 한 단계 높은 상태로 승화된다고 생각한 것이다. 슬픈 일이 있을 때 슬픈 영화가 위안을 주는 경우가 있는데, 그러한 심리 변화가 여기에 해당한다고 보면 될 것이다.

19세기 독일의 낭만주의 문학은 불행과 슬픔을 표현하는 데 매우 극화된 양상을 보였다. 도저히 도달할 수 없는 이상향을 설정해 놓고 그곳에 대한 무한한 동경을 표현하면서 그것에 갈 수 없는 슬픔을 강렬하게 표현했다. 갈 수 없는 곳을 설정했기에 갈 수 없는 것은 당연한 일인데, 낭만주의 문학은 갈 수 없다는 좌절감과 갈 곳을 잃었다는 상실감을 극대화하여 표현했다. 그러므로 그들의 동경과 좌절과 상실과 비탄은 무한히 되풀이될 수밖에 없었다. 이성의 절대성을 신봉한 철학자 헤겔이 이러한 낭만주의를 비판한 것은 당연한 일이다. 헤겔은 자아의 백일몽에 해당하는 이 문학 현상이 공허한 주관성의 극단이라고 비판했다. 무한한 것에 대한 갈망, 실현 불가능한 동경에 머무는 한, 낭만적 자아는 병적인 절망과 죽음에 귀결된다고 했다. 이 현상을 낭만적 아이러니라고 명명하고, 객관적 보편적 진실을 추구해야 할 예술이 주관적 자의적 감정에 몰입했음을 비판했다.

헤겔의 낭만적 아이러니 개념은 비판을 위해 도입된 것이기는 하지만 문학의 아주 중요한 요소를 날카롭게 지적한 것이기도 하다. 정도의 차이가 있을 뿐 모든 문학은 낭만적 아이러니의 속성을 지닌다. 모든 문학은 동경과 좌절과 상실과 비탄의 정서를 공유하고 있다. 독일 낭만주의는 고전주의의 굴레에서 벗어나려는 질풍노도의 충동으로 좌고우면하지 않고 문학의 정수로 돌진한 것이다. 문학은 동경과 좌절의 서사를 반복하고 상실과 비탄의 정념을 반추한다. 이것이 인간사의 흐름과 일치하기 때문이다. 인간의 삶이 그러하기에 문학은 그러한 윤회의 서사와 순환의 서정을 본질로 소유한다. 그런 의미에서 낭만주의 문학은 가장 원류적인 문학이라고 할수 있다. 그리고 시는 정념의 충동을 주류로 삼으면서 자아의 강렬한 주관성 속에 세계를 끌어들이는 낭만주의적 장르다.

이런 이야기를 길게 한 것은 이 글의 본론인 김정희의 시로 들어가는 길을 제대로 확보하기 위함이다. 김정희의 시집에 실린 작품들은 다른 데서 보지 못한 상실의 슬픔으로 가득 차있다. 그것은 시적 개성의 굵은 줄기를 이루고 있다. 시인이 겪은 개인사의 세목을 알 수 없는 우리들은 시의 문면을 통해 감정의 곡절을 유추해 볼 수밖에 없다. 그러한 탐색의 수행에 위에서 말한 두 개념이 길잡이 역할을 해준다. 문학은 슬픔으로 슬픔을 위로하며 마음을 정화하는 기능이 있다는 것. 형언할 수 없는 상실감 때문에 극단적인 그리움이 발생하고 그 그리움이 충족되지 않기 때문에 또 다른 좌절과 슬픔이 발생한다는 것. 이 두 가지 양상은 지극히 당연한 인간 심리 현상이고 그것을 언어로 표현하는 것 역시 지극히 자연스러운 문학 활동이다. 이 두 가지 사실을 이해한다면 우리는 김정희 시의 안쪽으로 여행할 채비를 갖춘 것이다.

## 2. 뿌리를 잃은 존재의 위상

김정희 시에 담겨 있는 상실의 슬픔은 구체적인 대상에 근거를 두고 있다. 시에서는 '너'라는 인물과 '어머니'로 대상이 호명된다. '너'에 대한 태도와 '어머니'에 대한 태도는 차이가 있다. '너'의 상실에 대한 기억과 잔상은 지금도 지속되는 현재형으로 나타나는데, '어머니'에 대한 기억은 과거의 시간에 국한되어 있다. '어머니'에 대한 기억이 구체적인 상황과 함께 전개되는 데 비해 '너'의 기억과 잔상은 늘 추상적이고 모호한 상태로 제시된다. 요컨대 '어머니'는 과거의 시간 속에 고정되어 있고 그분이 죽음에 이른 과정이 구체적으로 제시된다. 그러나 '너'는 상실의 과정이 불투명하고 모호한데, 기억의 악력이 매우 완강하게 시적 자아를 붙들고 있어서 현재 삶의 영역에도 영향을 끼친다. '너'라는 존재의 상실이 시적 자아에게 어떠한 작용을 하고 삶의 경로를 어떻게 변화시키는지 다음 시를 보면 그 수준을 감지할 수 있다.

오늘은 네가 잠든 서쪽 귀퉁이가 흘러내렸다
일기장 속 네 이름도 빗물처럼 흘러내렸다
그래서 나는 서쪽 귀퉁이가 없는 사람
아침마다 내 굽은 어깨 위에서 지저귀던 휘파람새도 날아
가 버렸다

남쪽 지평선이 보이지 않는다
내가 지웠는지 바람에 지워졌는지 기억나지 않는다
이곳저곳이 오래된 스웨터처럼 올이 풀렸거나 구멍이 나
있다
내 얼굴이 흘러내리는 이유다
늙은 고양이가 내 손등을 핥는다

눈을 뜨고 나면 세상은 한 뼘씩 줄어들고
시간은 다리가 길어져 담벼락을 돌아 사라져 버린다
어제는 분명 장마였는데 오늘은 빈 가지에서 새싹이 돋고

있다

안녕하세요

나는 뒤통수를 잊은 사람

눈을 가린 바람처럼 달리던 사람

안녕하세요

읽는 순간 사라지더라도

남은 페이지마다 줄을 긋는다

빈 빨랫줄처럼 허공에 검은 줄만 넘실거린다


눈이 부시게 푸른 5월

북쪽 모서리에서 나를 보거든

서어나무에 걸린 동쪽의 햇빛 한 조각

바람의 손끝에서 풍기는 남쪽의 냉이꽃향기

너의 눈동자를 물들인 석양 한 줄기 물어다

내 가슴팍에 꽂아 주기를

희미해지는 기억으로

너를 생소하게 보더라도

안녕하세요

웃으며 휘파람새처럼 인사해 주기를

                              —「눈이 부시게」 전문

제일 첫 행에서 시인은 네가 잠든 방향인 "서쪽 귀퉁이가 흘러내렸다"고 썼다. 너의 사라짐으로 인해 자신의 삶의 한쪽 면이 사라지게 되었다는 고백이다. 그런 의미에서 자신은 "서쪽 귀퉁이가 없는 사람"이라고 말한다. 겉으로는 단순하게 서쪽 귀퉁이가 없다고 하지만 사실은 인간의 아주 소중한 부분이 허물어진 것이다. 서쪽이건 동쪽이건, 귀퉁이건 가운데건, 삶의 한 면이 사라졌다는 것은 삶의 전부가 허물어진 것이나 마찬가지다. 삶은 통합된 하나의 전체로 전개되는 것이지 그중 일부가 결여된 채로 지탱되는 것이 아니기 때문이다.

아니나 다를까 그다음 연에서 시인은 "남쪽 지평선이 보이지 않는다"고 말한다. 서쪽 귀퉁이가 지워지면 결국 남쪽 지평선도 보이지 않게 된다. 삶은 어느 일부의 결여로 지속될 수 없는 총체적 유기체이기 때문이다. 자신의 삶의 영역에 파탄이 일어나면 자신이 보는 세상도 결여의 형태를 보일 수밖에 없다. 자아가 무너졌는데 세계가 온전히 보일 이치가 없다. 그래서 시인은 "눈을 뜨고 나면 세상은 한 뼘씩 줄어들고"라고 말한다. 삶의 지진이 일어나 자아의 기축이 흔들리기 때문에 자신이 발을 디딜 세상은 그만큼 축소될 수밖에 없는 것이다.

다음에 이어지는 "시간은 다리가 길어져 담벼락을 돌아 사라져 버린다"라는 시행은 체험에서 우러난 놀라운 표현이다. 이미 삶의 일부를 상실한 사람에게 시간의 진행은 불확정적이고 가변적이다. 자아의 상태에 따라 하루가 일주일 같기도 하고 한 시간이 열 시간 같기도 하다. 그러니 시간은 다리가 마음대로 늘어나는 괴물로 인식된다. 자아의 위상에 의해 시간의 착란이 일어나고 단위의 규칙이 변한다. "어제는 분명 장마였는데 오늘은 빈 가지에서 새싹이 돋고 있다"는 시인의 발언은 바로 그러한 시간의 가상적 변환을 언급한 것이다.

　이러한 의식은 「아직 가을이다」에서도 "노랑나비 날아오를 때도 어디선가 목백일홍 지는 소리 들렸다"라는 구절로 표현된다. 여름인가 하면 봄이고 봄인가 하면 가을인 것이다. 네가 떠난 계절이 가을이면 시인의 마음은 늘 가을이고, 너를 잃은 슬픔이 가득하면 꽃 피는 봄도 잎 지는 가을이 된다. 그렇게 어느 한 시점에 멈추어 있는 자신은 시간의 흐름을 감지하지 못하는 사람이거나 시간을 초월한 사람이다. 눈을 가린 채 앞으로 무작정 달리는 바람 같은 존재, 그래서 자신의 뒤통수를 잊고 앞으로만 가려는 존재일지 모른다. 그러나 아무리 앞으로 달려도 자신의 자리는 늘 같은 데 머물러 있다. 주위를 돌아보면 빈 빨랫줄 같은 검은 줄만 허공에 넘실댄다. 걸어놓았던 물건이나 자신에게 손을 내밀던 사물들은 모두 어디로 간 것일까? 참으로 기막힌 노릇이 아닐 수 없다.

　이런 상황에서도 시인은 절망의 극점에 함몰되지 않는다. 시를 쓰는 것 자체가 좌절의 검은 늪에서 벗어나려는 시도다. 시의 마무리 부분에서 시인은 긍정의 몸짓을 보이려고 혼신의 노력을 기울인다. "눈이 부시게 푸른 5월"의 하늘을 상상하며 어느 한 모서리에서 자신을 보면, "동쪽의 햇빛 한 조각"이나 "남쪽의 냉이꽃향기", 그리고 무엇보다도 "너의 눈동자를 물들인 석양 한 줄기"를 가져다 자신의 가슴에 꽂아주기를 기원한다. 거기서 더 나아가 네가 나를 보고 "웃으며 휘파람새처럼 인사해 주기를" 기대한다. 이것은 물론 시인의 소망이다. 그의 꿈이다. 현실은 상실이고 동결이고 좌절이지만 시의 화법을 빌려 소망을 연출한 것이다. 그러한 소망이라도 있어야 현실의 삶을 살아낼 수 있기 때문이다. 상상의 세계에서 상상의 언어로 서쪽 모서리와 남쪽 지평선을 복원하면 시간의 착란에서 벗어나 현실의 시간을 살 수 있는 힘이 열린다. 시는 그런 힘을 심어 준다. 슬픔으로 슬픔을 달래며 미지의 이상에 대해 끝없는 동경을 가짐으로써 내면의 상실을 메울 수 있다. 그것이 문학의 출발점으로부터 이어져 온 카타르시스의 기능이고 낭만적 아이러니 현상이다.

상실과 좌절은 동경의 꿈도 낳지만 시공의 착란에 의한 몽상의 스펙트럼도 펼쳐낸다. 시인은 자신의 고통과 좌절과 몽상의 흐름을 자세히 묘사했는데 자신이 실제로 체험한 것이기 때문에 인체의 반응을 묘사한 부분은 상황의 핍진함이 있고 감정의 진실함이 느껴진다. 세상을 떠난 '너'는 가녀린 나비의 이미지에서 여러 가지 물고기로 변신하기도 하고 공중을 나는 새의 형상으로 바뀌기도 한다. 어떤 경우든 그 이미지는 오래 지속되지 못하고 물속으로 사라지거나 공중으로 분해된다. 그 과정을 지켜보는 화자의 심정은 애통한데, 그때에도 절제의 정신을 발동하여 감정을 여과 없이 분출하지 않고 비유를 통해 고통을 절도 있게 표현한다. "베개 밑에는 수북이 소금이 쌓이고/ 기침을 하면 쿨럭쿨럭 바닷물이 새어 나왔다/ 옆으로 누우면 어깨에 비늘 몇 개 박혔다"(「달의 혀」) 같은 부분이 그러한데, 고통을 정념의 저변으로 가라앉혀 시의 언어로 재현하는 능력이 놀랍다. 소금, 바닷물, 비늘은 바다라는 큰 공간 이미지에 포함되는 연계성을 지니면서 각자의 개별적 기능도 충분히 발휘하고 있다. 그는 씨앗 대신에 포자로 퍼지는 양치식물로 자신을 비유하기도 한다.

한 남자가 공원 벤치에 앉아 여자에게 자신의 헤드셋을 씌워준다 두 사람의 눈길이 부딪히자 남자의 몸속에서 푸르게 일렁이던 물결이 여자의 귓속으로 흘러 들어가고 여자의 반짝이던 눈빛이 남자의 검은 눈동자 속에서 나비가 된다

그러자 어둡고 딱딱한 그들의 가슴을 뚫고 올라오는 눈부신 꽃대 하나
그 끝 폭죽처럼 환한 수련 한 송이
허공을 가득 채운다

저런 순간이 있었던가

물과 빛을 나누던 순간이


나는 습지에서 자라는 양치羊齒

햇빛을 곁눈질하며 그늘에서 빠져나오지 못했다

별꽃 한 송이 피워보지도 못한 채

이제 늑골 밑 안개집에서

꽃씨 같은 검은 포자胞子를 쏟아낸다


그늘의 발끝까지 햇귀가 퍼지는 오후였다

— 「양치식물」 전문


　앞의 장면은 공원 벤치의 남녀가 다정히 마주앉아 헤드셋을 통해 음악과 감정을 공유하는 모습이다. 두 사람의 교감을 푸른 물결과 나비의 이미지로 제시했다. 환희가 피어오르는 표정을 눈부신 꽃대 위에 솟아난 수련의 모습에 비유했다. "폭죽처럼 환한 수련 한 송이"가 "허공을 가득 채운다"고 했다. 여기서 '허공'이라는 단어는 두 사람을 감싸고 있는 공간만이 아니라 그것을 바라보는 자신의 공허한 마음도 함께 암시한다. 화자는 그 장면을 보면서 자신에게도 그렇게 환한 시절이 있었던가 자문한다. 이 질문은 매우 가슴을 아리게 한다. 물과 빛을 잃은 시인에게 그 순간은 "물과 빛을 나누던 순간"이기 때문이다. 여기서 시인은 다시 자신의 위상을 정직하게 드러낸다. 물과 빛을 잃은 자신을 "습지에서 자라는 양치"라고 이야기한다.

양치식물은 꽃을 피우지 않고 씨앗 대신 포자로 번식을 한다. 고비나 고사리가 대표적인 식물인데 꽃을 피우지 않기 때문에 벌과 나비가 필요 없어서 습지의 그늘에서 주로 자란다. 한 번도 화려하게 꽃을 피우지 않고 자신의 늑골 밑에서 고통의 사리 같은 검은 포자를 쏟아내는 존재가 자신이라는 것이다. 푸른 물결을 가르고 피어나 나비와 호응하는 수련과는 다른 존재다. 밝은 장면을 먼저 제시하고 그것과 대비된 자신의 모습을 고통스럽게 묘사했다. 그러한 생각을 하게 된 상황을 "그늘의 발끝까지 햇귀가 퍼지는 오후"로 설정했다. 세상이 온통 환한 햇살에 싸여 있는데 자신은 그렇지 못함을 마지막 시행에서 무심한 듯 드러낸 점이 마음을 아리게 한다.

### 3. 변신의 꿈과 부활의 가능성

인간은 고통의 나락에 함몰되어 있다가도 부활의 꿈을 꾸는 존재다. 성경에 나오는 예수의 부활 모티프는 인간도 믿음에 의해 부활할 수 있다는 영적 메시지를 담고 있다. 신앙적으로 보면 인간은 죽음에서 부활할 수 있으니 고통에서 부활하는 일은 얼마든지 가능하다. 김정희 시인도 상실의 고통에

부대끼면서도 인간이기에 거기서 벗어나려는 노력을 했을 것이다. 그것은 인간의 생존 본능이기도 하다. 슬픔의 내력이건, 고통에서 벗어나려는 노력이건, 모든 정념이 시로 표현될 수 있다. 언어적 표현에 의해 고통이 금방 극복되는 것은 아니지만 언어로 표현한다는 그 사실에 의해 고통을 관조할 수 있는 거리가 확보되고 그것을 조명할 수 있는 평정의 자리가 마련된다.

「오늘」이라는 시는 나비의 탈바꿈을 소재로 하여 자기 탈피의 상상을 시도한 작품이다. 나비는 알에서 유충이 나오고 유충이 번데기가 되었다가 나비로 승화된다. 이 변신의 과정은 자못 신비롭다. 시의 화자는 번데기에서 나비가 나오는 과정을 관찰했다. 번데기의 껍질을 뚫고 물결부전나비가 나오고 꼬리명주나비도 나온다. 거무튀튀한 번데기에서 화려한 무늬의 나비가 나오는 장면은 자연의 신비에 대한 경탄을 자아내게 한다. 시인이 이 장면을 어디서 보았는지 알 수 없으나, 탈바꿈의 과정을 세밀히 관찰하여 시로 쓴 데에는 중요한 의미가 있다. 여기에는 세상을 떠난 '너'가 나비처럼 변신하여 새로운 세계로 날아가라는 소망의 의미가 반영되어 있다. 또 한편으로는 고통의 늪에 사로잡힌 자기 자신이 나비처럼 변신의 탈피를 하여 새로운 세계로 날아갔으면 좋겠다는 소망도 담겨 있다. 번데기를 뚫고 솟아나는 나비의 날개를 "옷자락 휘날리듯 시간의 긴 꼬리가 팔랑인다"라고 표현한 데에서 시인의 승화의 소망이 암시된다.

시인이 지닌 현상 초월의 사유가 신화적 상상과 만나 구성된 작품이 「곤鯤이」다. '곤鯤'은 『장자』에 나오는 상상의 물고기로 북녘 바다에 사는데, 그 크기가 몇 천 리가 되는지 알 수 없고, 이 물고기가 변해서 새가 되면 그 이름을 붕鵬이라고 한다. 『장자』의 우화를 끌어와서 나비의 탈바꿈 같은 변신의 꿈을 표현한 것이다.

용비저수지 가서 보았다

물속에 거꾸로 박혀 물구나무서 있는 버드나무

애써 일으켜 세우자 나뭇잎 사이로

물비늘 반짝이며 딸려 올라오는 것들

뚝뚝 떨어지던 물방울 바람에 날리자

번데기의 등이 갈라지며 나비가 나오듯 허물을 벗듯

바람에 마른 비늘을 벗고 있는 물고기

온몸이 젖은 털이다

나무 밑으로 수북이 쌓인 붉고 노란 둥근 비늘

아가미는 닫히고 가슴지느러미는 자꾸만 커졌다

물 밑 시간에서 풀려나듯

날개를 퍼덕이며 발끝에 힘을 주고 위로 솟구쳤다

그림자에서 벗어난 물고기는 이제 하늘을 헤엄친다

푸른 청포 사이를 빠져나가듯 바람을 가르며

구름의 높이만큼 올라갔다가 내려왔다

부레 있던 자리에 기낭을 부풀리며

햇살 사이를 미끄럽게 빠져나갔다

저수지의 깊고 우멍한 눈 속으로

새 그림자 점점이 사라져 갔다


그날 이후, 바람 부는 날에는

새들에게서도 가끔 물비린내가 났다

─「곤鯤이」전문


　용비저수지는 충청남도 서산목장 언덕 위에 있는 저수지로 규모가 크고 경치가 아름답다. 시인은 그곳에 가서 물속에 거꾸로 박혀 서 있는 버드나무를 보았다. 가지를 일으켜 세우자 나뭇잎 사이로 물비늘 반짝이며 무언가가 딸려 올라오는 것 같았다. 여기서 시인은 「오늘」에 나왔던 변신의 이미지를 끌어온다. "번데기의 등이 갈라지며 나비가 나오듯" "바람에 마른 비늘을 벗고 있는 물고기"가 보인 것이다. 이것은 상상의 장면일 것이다. 물고기가 비늘을 털고 나비처럼 탈피를 했으니 비늘 대신 온몸에 젖은 털이 있었다고 했다. 여기서 비늘 가진 물고기는 털 가진 짐승의 이미지로 바뀐다. 그리고 그 밑에는 마치 나비가 번데기 껍질을 남겨 놓듯이 "붉고 노란 둥근 비늘"이 수북이 쌓여 있다. 번데기가 나비가 되듯이 물고기가 새로 변신을 하는 것이다. "아가미는 닫히고 가슴지느러미는" 커지면서 "부레 있던 자리에 기낭을 부풀리며" 날개를 펼치고 하늘로 솟구친다. 『장자』에서 곤이 붕이 되듯이 물고기가 새가 된 것이다. 이제 물의 시간에서 벗어나 천상의 시간을 헤엄치게 되었다. "바람을 가르며/ 구름의 높이만큼 올라갔다가 내려"와서 "햇살 사이를 미끄럽게 빠져나갔다"고 했다. 새의 그림자만 저수지 깊은 곳으로 사라졌다고 했다.

이 환상은 무엇인가? 『장자』 '소요유'의 우화는 대자유의 정신을 표상한 것이라고 한다. 김정희 시인도 『장자』의 우화를 빌려 자유의 꿈을 꾼 것이다. 그를 감싸고 있는 상실의 굴레에서 벗어나 자유로운 영혼의 비상을 해 볼 수 없을까 상상한 것이다. 그리고 그의 주위를 맴돌고 있는 '너'도 축축한 물기 어린 비늘을 털고 하늘의 새로 날아오르기를 소망한 것이다. "그날 이후, 바람 부는 날에는/ 새들에게서도 가끔 물비린내가 났다"는 구절은 자신의 상상이 현실로 실현되기를 바라는 또 다른 소망의 암시적 표현이다. 크기를 헤아릴 수 없는 곤도 구만리장천을 나는 붕이 되는데, 작은 물고기 한 마리가 새로 날아오르는 것은 가능하지 않겠는가.

김정희 시인은 상실과 고통과 기억이 교차하는 생의 흐름 속에서 물고기가 새로 승화하는 상상을 했다. 그래서 하늘을 나는 새들에게서도 물비린내가 나는 신기한 체험을 하게 되었다. 이것은 '너'에 대한 상념의 시야가 저수지의 물고기에서 하늘의 새로 확대된 것을 의미한다. 물고기에 국한되었던 그리움의 강도가 하늘의 새로 전이된 것이다. 이러한 사유가 확대되면 세상 만물에서 '너'를 볼 수 있는 마음이 넓이가 형성된다. 그러면 그의 고통과 시련도 어느 정도 가라앉게 될 것이다. 시를 쓰면서 얻게 되는 고통 다스림의 효능은 작품을 읽으면서 얻는 카타르시스의 효과보다 훨씬 크다. 죽음과 상실을 신화적으로 사유하고 사물의 변화에 대해 깊이 사색하게 되면 우리의 정신은 훨씬 높은 차원으로 승화하게 된다. 시집 뒷부분에 배치한 「나뭇잎 수의」는 그의 고통이 승화될 수 있는 가능성을 제시한다.

> 팔랑이는 것이 눈앞으로 날아왔다
> 나비인가 했는데 작은 잎이다
> 나뭇가지에서 떨어져 흙으로 가는 중
> 여기서 저기로 가는 길
> 입고 가기 딱 좋은 색
> 찬란하고 가벼운, 명랑한 노랑
>
> 스러지는 하루의 빛과
> 첫봄인 3월을 기억하는 색
> 울지 말라고 말하는 미소가
> 날개가 되어

지느러미가 되어

흔들리고 싶은 대로 나풀대는 나뭇잎

나뭇가지의 손을 놓고

나무의 푸른 옷을 벗고

비로소 자유롭게 한바탕 벌이는 찰나의 축제

바람의 손마저도 놓고 마지막은 이렇게, 밝게

뜨거움도 말고 차가움도 말고

실없이 헤벌레한, 기왕이면 따뜻한, 노랑

— 「나뭇잎 수의」 전문

'나뭇잎 수의'라는 제목부터가 죽음을 객관화하여 거리를 두고 명상하겠다는 의지를 나타낸다. 사자의 몸을 감싸는 수의를 노래한다는 것부터가 죽음을 관조해 보겠다는 의지를 드러낸 것이다. 시인은 눈앞에 팔랑이며 날아온 나뭇잎을 처음에는 나비로 봤다. 나비는 번데기의 등을 뚫고 다른 차원으로 변신하는 승화의 상징이다. 번데기가 나비로 바뀌는 모습을 통해 죽은 '너'의 변신과 자신의 변신을 노래한 바 있다. 나비가 아니라 나뭇잎인 것을 알고 생각해 보니 잎도 줄기에 달려 있다가 떨어져 나와 흙으로 돌아가는 존재다. 생명체인 나무에서 떨어져 나와 죽음의 단계로 가는 사물이다.

그런데 그 나뭇잎의 색깔이 "입고 가기 딱 좋은 색"으로 보인다. 죽은 자의 몸을 편안히 감싸서 슬픔과 아픔의 흔적을 지워주는 수의처럼 느껴진 것이다. 그래서 시인은 죽음의 분신인 나뭇잎에 대해 "찬란하고 가벼운, 명랑한 노랑"이라고 밝게 명명한다. 봄에 연초록빛으로 돋아나 봄날의 일광을 즐기고 여름의 진초록 무성함을 자랑하던 나뭇잎이 이제는 연한 빛으로 흔들리며 땅으로 가라앉는다. 과거의 기억을 떠올리며 "울지 말라고 말하는 미소"가 나뭇잎 어딘가에 비치는 것 같다. 그 나뭇잎에서 '날개'와 '지느러미'를 연상하는 것은 '너'에 대한 그리움의 또 다른 환유다. 물고기와 새의 이미지로 '너'가 분화되었던 것인데 이제 나뭇잎으로 변화하면서 또 다른 상상의 전회를 도모하는 것이다. 더군다나 그 나뭇잎을 "찬란하고 가벼운, 명랑한 노랑", "입고 가기 딱 좋은 색"이라고 발성하는 것은 정말로 대단한 변화다. 그의 정신이 밝고 높은 지점으로 승화하고 있음을 알려주는 사례다.

이제 시인은 나뭇잎을 수동적인 존재가 아니라 능동적인 존재로 사유한다. 나뭇잎이 스스로 "나뭇가지의 손을 놓고/ 나무의 푸른 옷을 벗고" 제 갈 길을 가는 자유로운 존재라고 상상한다. 나뭇잎들이 어울려 군무를 추듯 나풀거리는 것을 "자유롭게 한바탕 벌이는 찰나의 축제"라고 했다. 시인은 비로소 고통의 질곡에서 벗어나 자유의 축제를 관조할 수 있는 자리에 이른 것이다. 이것은 시를 창작하는 데서 얻은 정신의 힘이요 시적 사유와 상상을 통해 고통의 고비를 넘어서는 인간 정신의 감동적인 승리다. 마지막 시행들은 이 고비를 넘으려는 시인의 안간힘과 안쓰러움을 그대로 나타낸다. "바람의 손마저도 놓고" 떠나는 자유의 순간을 노래하면서도 그 순간이 쉽게 오지 않으리라는 두려움 때문에 망설이고 머뭇거리는 심정이 마지막 시행의 단절의 형식 속에 응축되어 있다. 뜨거움과 차가움에서 벗어나 밝고 따뜻한 세계로 향하고자 하는 마음의 지향을 나뭇잎에 대한 새로운 명상으로 표현했다.

김정희의 이 시집은 시인의 체험이 상상과 사유의 굳건한 기둥을 이루고 있기 때문에 고통으로 고통을 달래고 슬픔으로 슬픔을 위안하는 역할을 한다. 비극이 인간 현실의 연민과 고통의 체험을 통해 그러한 감정의 소실에 기여하는 것처럼, 독일 낭만주의 작품이 동경과 좌절의 순환을 통해 인간 운명의 비극성을 강조하면서도 그것을 통해 인간 존재의 본질을 통찰하고 자아의 위상을 분명하게 한 것처럼, 김정희의 시도 충분히 그러한 기능을 수행할 것이다.

김정희 시인은 상실의 슬픔을 개성적으로 형상화한 이 시집을 통해 슬픔의 달인이 되었으니 이제 자신의 울타리에서 벗어나 타인의 삶을 성찰하는 눈을 기르면 좋겠다. 물속에 갇힌 물고기가 하늘을 나는 새가 되고 거기에서 더 나아가 하늘을 자유롭게 나는 나뭇잎이 되었으니, 그는 이제 타자 인식의 자리로 나아갈 수 있을 것이다. 타자의 발견은 사르트르의 말대로 또 하나의 지옥을 체험케 할 수 있다. 그러나 사르트르는 타자를 통해 나의 실존적 위상이 분명해진다는 말도 했다. 시인의 입장에서는 새로운 지옥을 거쳐 자신을 새롭게 발견하는 경로가 된다. 분명히 단언하건대 이것은 해볼 만한 과업이다. 시가 새로운 단계로 또 한 차례 도약할 수 있기 때문이다. 김정희 시인이 첫 시집 출간에 만족하지 말고 계속 정진하여 시의 물길을 의미 있게 열어가기를 기대하며 그의 시의 앞길이 밝고 따뜻한 빛으로 가득하기를 빈다. ▨

| 김정희 |

인천광역시에서 출생했으며, 2019년 『월간문학』으로 등단했다.
2020년 인천문화재단 예술표현활동지원 출판 분야 기금을 수혜했다.

이메일 : jiyesarang@hanmail.net

양치식물 ⓒ 김정희

초판 1쇄 발행 · 2020년 9월 25일
초판 2쇄 발행 · 2021년 1월 18일

지은이 · 김정희
펴낸이 · 이선희
펴낸곳 · 한국문연

서울 서대문구 증가로29길 12-27, 101호
출판등록 1988년 3월 3일 제3-188호
대표전화 302-2717 | 팩스 · 6442-6053
디지털 현대시 www.koreapoem.co.kr
이메일 koreapoem@hanmail.net

ISBN 978-89-6104-270-3 03810

값 10,000원

＊ 잘못된 책은 바꾸어 드립니다.

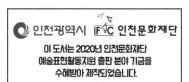

인천광역시 IFAC 인천문화재단
이 도서는 2020년 인천문화재단
예술표현활동지원 출판 분야 기금을
수혜받아 제작되었습니다.

이 도서의 국립중앙도서관 출판시도서목록(CIP)은 서지정보유통지원시스템 홈페이지(http://seoji.nl.go.kr)
와 국가자료공동목록시스템(http://www.nl.go.kr/kolisnet)에서 이용하실 수 있습니다.
(CIP제어번호: CIP2020040648)